부러지,
엘리베이터에 산다

정재성 시화집

부러지,
엘리베이터에
산다

정재성 지음

맑은샘

서시

물 맑고 아름다운 산골
한 소년이 문학에 눈을 뜨고

부러지(피라미 수놈)란 별명으로
감성을 풀어내며 꿈을 키웠지만

횡성호에 마을이 잠기며
고향을 떠나왔다

반복되는 일상
엘리베이터를 타고 하늘을 오르려니

세월은 지쳐 가는 몸과 마음
쉬어 가라 붙잡고

꼭꼭 숨어 있던 추억을 꺼내
한 편의 글을 쓰며 하늘을 오르지만
늘 그 자리

이제는 모든 걸 내려놓고
횡성호로 돌아가 무명의 저자로
기억에 남는 부러지로 살고 싶다

• 차례 •

1부
떠오르는 태양

2부
들에 피는 꽃

3부
가슴에 부는 바람

4부
밤하늘의 별

5부
그리운 고향

1부

떠오르는 태양

여명 1

호숫가에 피어나는 물안개는
산허리 휘감으며 산등성이에 오르고

일곱 색깔 무지개다리를 만들어
구름을 타고 바람에 실려 하늘 문을 연다

잠자던 태양은 수줍은 듯 인사하며
붉게 물든 얼굴빛으로 대지를 밝히고

푸른 초원 어둠이 걷힌 자리
길가에 잠자던 풀들도 아침을 맞는다

바람

내려다보는 태양이 무서워
오디나무 그늘 아래 숨었다

이마에 땀 훔치며 하늘을 보니
나무 사이로 오디가 까맣게 익어 간다

새들도 가지에 앉아 입가에 물들이며
한 알 두 알 물어다 새끼를 먹여 키운다

오디 한 알 따서 입에 넣으니
새콤달콤 입가에 미소가 번지고

불어오는 바람은 부채질하고
쉬어 가는 발걸음이 시원하니 가볍다

숨바꼭질

눈 감았다 꼭꼭 숨어라
잡히면 술래다

하얀 눈꽃송이에 숨었을까
가기 싫다고 숨바꼭질하잖다

하나둘 세며 찾는다
술래하기 싫어 다 녹아 버렸나

아무리 찾아 헤매도
바닥에 눈물만 흐른다

겨울이 오면 또 만나자
웃으며 널 보낸다

짝사랑 1

널 바라보며 돌아섰던 그때는
왜 그리 바보였을까

옆에만 있어도 무심한 듯
좋아한다 말도 못 하고

세월만 보내다 멀어져
그리워하는 그 시절이 그립다

돌아올 수 없는 다리를 건너
바라보는 내 모습이 쓸쓸하고

말없이 숨겨 왔던 그 사랑이
파도에 밀려 부서지듯 사라져 가고

홀로 기억하는 짝사랑
아픈 추억으로 남았다

인연

아무도 모르던
얼굴들 모여들어

티격태격하다 보니
미운 정 고운 정 쌓이고

웃음꽃 피어나는
따뜻한 동행이 되었다

이제는 끝내려 해도
붙어 있어 떼어 낼 수 없고

말없이 쳐다보며
피식피식 웃음이 번지는

너와의 인연은
그렇게 시작되었나 보다

인연은
그대와 나를 얽어매고

보이지 않는
정에 이끌려 너를 붙들고

영원히 함께 가자
두 발을 묶어 놓았다

꽃바람

해 뜨는 언덕
질투하듯 바람이 분다

바람은 살랑살랑
아침 이슬에 숨어 있는 꽃잎들을
깨우고

나뭇가지에 종달새
종알종알 인사를 한다

바람은 꽃향기 물씬 품고
내게로 다가와 키스하고

코끝에 전해 오는
향긋한 꽃내음에 하루가 즐겁다

고향의 아침

보슬비 내리는
소리에 눈을 뜨니

앞산에 구름이
하늘로 오르며 풍경화를 그린다

제비는
처마 밑에 둥지를 틀고
지지배배 노래 부르며 사랑을 키운다

널 바라보는
눈가에는 웃음꽃이 피고
반갑게 인사를 한다

밭가에
작약 수국 금낭화 등
예쁜 꽃망울 터트리며
향기로 날 유혹한다

바람은
살랑살랑 지친 몸을 치유하며
소리 없이 사라진다

그 자리에
날 기다려 주며 안아 주는
고향이 있어 행복하다

덩굴장미

담벼락에
옹기종기 붙어 앉아
따스한 햇살에 데었나
붉게 물들이고 방긋 웃는다

바람에
흔들리는 너의 모습에
가던 길 쉬어 가며 눈 맞추고
아름답다 손끝에 널 부른다

수줍은 듯
여인의 볼처럼 빨갛게
담벼락에 피어 있는 꽃
줄줄이
반겨 주는 널 안아 준다

경포대

대관령에 올라
내려다본 경포대는

산 위에 드리워진
안개구름이 숨겨 놓고

굽이굽이 돌고 돌아
내려가는 길 희미하게 내어준다

눈앞에
펼쳐진 잿빛 하늘은
반가운 듯 눈물을 보이고

바람은
넘실넘실 물결을 만들어
내게로 달리고

파도는 넓게 펼쳐진
금빛 모래밭에 올라와
하얀 거품으로 그림을 그린다

경포대는
언제나 늘 그 자리 변함이 없고

지친 마음
훌훌 털어 파도 속으로
가져가며

넓은 바다에 묻어 놓고
쉬어 가라 사랑 노래 들려주네

마이산 탑사

이른 새벽
무거운 생각들 데리고
나 홀로 달려갑니다

고생했다
주차장에 차를
쉬게 토닥거려 놓고

고목된
벚나무숲을 친구삼아
발걸음은 가볍게

한 걸음 두 걸음
마이산 탑사에 오르며
흔적을 남겼다

누군가
내 마음을 알았는지
한 줄 두 줄 정성 들여

쌓아 놓은
돌탑을 보며 고맙다
탑 속에 깊이 내 맘을 묻었다

탑사에 들러
소원 성취 부질없는 맘
부처님께 기도드리고

마음을 내려놓고
내려오는 발걸음은 가볍고
머릿속은 맑다

님아

님아
올 때는 웃고 손 내밀며 잡아 주었고
거닐면
한없이 행복해하며 꿈을 꾸었지

님아
세월은 흘러 네 모습 지워져 가는 줄 모르고
사는 데
급급하다 보니 저만치 멀어져 있구나

님아
불러도 다시 못 올 저 강을 건너며
조용히
눈을 감고 먼 길 떠나는구나

님아
못 잊을 님아 어찌 나 홀로 살라고
불러도
대답 없이 떠나가는 님아

저금통

오늘도 땀 흘려 얻은 것을
조금씩 아껴 가며 저금통에 넣는다

꺼내면 사라지는 돈보다
오래도록 꺼내 볼 수 있는 추억을 먹인다

채워도 배부르다 말이 없는 저금통
주는 대로 욕심 없이 잘도 먹는다

한 모퉁이에 앉아
쳐다보며 웃고 있는 네가 좋아

장떡

생각이 난다
어린 시절 엄니가 기름내 풍기며
솥뚜껑에 구워 주었던 장떡

농번기면 미나리 숭숭 썰어
고추장 넣고 빨갛게 구워 주면
왜 그리 맛났을까

먹을 것 귀한 시절 입안에 넣으며
한 끼 때우고 배불러했던

그리움에 한솥당 빨갛게 부쳐 먹어도
그 맛이 안 난다

엄니가 해주시던 장떡
그 맛이 그립고 자꾸 생각난다

초여름

아침부터 내리쬐는 햇살이 무섭다
얼굴에 스치는 열기는 가슴을 답답하게 만들고

부러지는 강물을 바라보며
한숨 돌려 본다

길가에 꽃들도 더위에 목말라 시들해져 가고
뜨거운 도로 위를 달리는 애마도 힘들어 헉헉

불어오는 바람 맞으며
청포도 그늘 아래서 잠시 쉬어 간다

여름은 이제 시작인데 어찌할꼬
너와 친구 되어 하루하루 싸우고 살다 보면

내가 싫어 못 살겠다
먼 길 떠나가겠지 여름아 잘 가

부모란 이름

벌거벗고 이름 모를 부모 앞에
얼굴 내밀며 찾아와 인사를 하고

아픔을 주고 웃음 주며
인연을 맺었다

사랑받으며 무럭무럭 자라
임을 만나 가정을 꾸미고

사랑의 씨앗을 곱게 키워
세상에 내놓으며

어깨에 무거운 짐을 지고
부모가 되었다

세월이 흘러도
산다는 건 모르나 봐

맘에 안 들면 대화 속에
툭 쏴붙이고 사라지는

산다는 건 부모가 아니라
남이 되어 간다는 걸 알려나

가을비 1

눈뜰 시간이 한참 지났는데
밖은 어둡다

늦잠을 잔 거니
먼 산에 네 모습이 안 보여

늦가을 예쁜 옷
갈아입기 싫어 숨었나

떨어지는 낙엽에
밤새 눈물만 흘렸나 부었다

간다고 가랑비만
요란스럽게 내리더니

집 앞 개천에
흐르는 시냇물이 넘쳐나네

달그림자

불 꺼진 창가에
드리워진 달그림자

찬바람에 흔들리며
춤을 추고

슬쩍슬쩍 훔쳐보다
마주친 눈빛에 부끄러워

홀로 지새우는 밤
미소 지으며 안아 준다

하늘의 별들도
졸고 있는 쓸쓸한 밤

날 지켜보는 달그림자
네가 있어 행복하다

가을역

하늘은 높고
내려오는 햇볕이 뜨겁다

떠돌던 뭉게구름은
태양을 피해 쉴 곳을 찾고

바람에 몸을 실어
가을역에 내려앉는다

철길 위에 울긋불긋
곱게 물든 가로수 잎들은

살랑살랑 몸을 흔들며
어서 오라 손짓을 한다

뭉게구름은 수줍은 듯 미소를 지으며
가을역 안으로 들어간다

풍성하게 차려진 가을 밥상
눈으로 입으로 먹으며 배 채우고

힘들었던 하루
가을역에 머물며 마음 내려놓고

고맙다 인사를 전하고
큰 산 넘으며 집 찾아 길 떠난다

배추

조그만 잎새
텃밭에 뿌리내리고

농부의 사랑 먹으며
가으내 무럭무럭 자라

긴긴밤 홀로
온몸에 물감으로 색칠하고

시원한 바람 맞으며
노란 꽃 피워 내는 너

발걸음 소리에 깨어
아침 이슬에 세수하고

한 폭의 아름다운 배추로
내 품에 안기는구나

조각배

앞만 보며 쉼 없이
달리며 살아온 날들

겨울바람 불어오는
횡성호에 앉아

즐거웠던 일
슬퍼했던 일들 종이에 적어

작은 조각배 하나
위태롭게 띄워 보낸다

바람이 주는
물결 위에 홀로 떠돌며

말등바위에
내 마음 내려놓고

어린 시절 숨겨 놓은
추억 찾아 배에 싣고 다가와

횡성호에 달 뜨거든
날 찾아 내려 주고 가렴

첫눈 1

하늘에서
함박눈이 바람 타고

가로등 불빛 사이로
벤치에 내려앉는다

졸고 있는 나무에
잠에서 깰까 봐 조심조심

한 송이 두 송이 옷을 입혀 가며
그림을 그린다

다 그린 걸까
잠시 머물다 떠나가고

난 발걸음을 멈추고 흔적을 찾는다
나무에 그려준

아름다운 풍경을 바라보며
사라질까 봐 가슴에 옮겨 담는다

떡메치기

겨울이면 꽁꽁 얼어붙은 개울가에
찬바람 맞아가며 하나둘 얼음판에 모여든다

장갑도 없던 시절 언 손 호호 불어 가며
떡메 어깨 메고 한 손에는 작살 들고 달린다

얼음물 속 고기 찾아 미끄럼 타며 쫓아다니고
떡메로 얼음판을 때리면 놀란 고기들이 하얗게 떠오른다

떡메로 얼음을 뚫어 가며 떠내려오는 고기를 건져 내
큰놈 잡았다 한바탕 웃음소리에 몸이 녹는다

피라미 매자 모래무지 종다리에 가득 채워지면
개울가에 모여 마른 나뭇가지 모아
모닥불 피우고 언 손발 녹인다

나뭇가지에 물고기 끼워 타고 남은 불씨에 올려놓으면
도란도란 이야기 소리에 물고기는 노랗게 익어 간다

나뭇가지에 끼워진 물고기를 뜯어 입속에 넣고
맛있다 소리 내어 먹으며 검게 묻은 입을 보며 웃는다

추운 겨울이 오고 개울가에 얼음이 꽁꽁 얼면
동무들과 얼음판을 누비던 추억들이 하루를 즐겁게 한다

오솔길

그대와 나 오솔길 거닐며
지나온 옛이야기 들려주고

힘들고 지쳐도 네가 있어
행복할 수 있었고 이 길 거닐 수 있었지

마주 보는 눈빛에
가슴이 콩닥콩닥 뛰었고
사랑의 불씨가 되었지

지나온 그 길은
바람에 지워져 가도
너와의 추억으로 남았고

다시 걷는 이 길
둘이 아닌 다섯이 되어
웃으며 걸어가네

그리움 1

긴긴 겨울 지나
기다리던 봄은 오는데
가슴이 시려 온다

멈춰 버린 시간들
마음은 텅 비어 가고
눈물만 흐르네

기다림에 지쳐
먼 산에 얼굴 그려 보지만
눈 코 입 기억이 안 나

따뜻한 봄은 오는데
오늘도 님 그리다
그리움에 잠이 든다

떠난 사랑

그녀는 내게 사랑을 보냈지
난 모르고 있었어

그냥 웃으며 건네는
장난이라 생각을 했을 뿐

돌아서면 멀어지는
나의 무관심에 얼마나
슬퍼했을까

바보 같은 내 마음은
널 보면서도 알 수가 없었지

예쁜 얼굴에 흘러내린 눈물이
마르고 없다는 것을

난 바보처럼 살았나 봐
사랑을 찾고 있다는 게

그때는 왜 몰랐을까
사랑이 이렇게 아프다는 걸

떠난 사랑 못 잊어
오늘도 널 기다리는 마음

세월이 흘러도 널 볼 수 없다는
생각에 눈물이 난다

꽃바람 여인

바람 바람 꽃바람
당신은 나의 꽃바람
널 만나던 골목길

옷깃에 스치던 바람은
내 가슴을 설레게 하는
당신은 나의 꽃바람

말없이 바라보는
당신의 눈동자 웃음만 나와
내 마음을 가져간 꽃바람

당신은 나의 꽃바람
바람 바람 꽃바람
그리운 나의 꽃바람

길가에 피어난

민들레 홀씨 바람에 날려도

꽃바람 불면 돌아온다던

내 님은 소식도 없어

먼 길 바라보며 기다리는 마음

그리운 나의 꽃바람

봄비 1

소리 없이 비가 내리는 날이면
꽁꽁 닫았던 마음의 문이 열린다

잠들었던 심장은 두근두근 뛰고
기다리던 봄비가 되어 내린다

봄비가 오면
돌아온다던 그 님은 어디에
기다려도 보이질 않아

기다리는 마음 서글퍼
눈물이 봄비 되어 내린다

개울

어둠이 내리는 개울가
조약돌 위로 달빛이 내려앉는다

흐르는 냇물에 발 담그고
물위에 내 얼굴 그려 간다

별들은 반짝이는 수를 놓고
냇물은 좋아라 노래 부른다

부러지도 흥겨워 춤을 추고
개울가의 밤은 깊어만 간다

모과 꽃

겨우내 찬바람 맞으며
꽃눈 틔우고

봄 햇살 받으며
꽃망울 무럭무럭 자라

가지마다 송이송이
분홍 꽃 붙여 놓았다

걷는 발걸음마다
눈길이 머물고

손길 닿으면 느껴지는
말 없는 행복

내게 찾아온 봄
한가득 가슴에 담는다

봄비 2

푸르른 5월
연둣빛 잎새에 앉아 미끄럼 타고

어둠이 걷히는
담벼락에 손님이 찾아왔다

울타리에 잠든 덩굴장미
꽃봉오리에 키스하며

수줍은 듯 빨간 꽃 주렁주렁
매달고 달아난다

너의 발자욱에 흙내음이 피어나고
남겨진 꽃송이 한 아름 가슴에 담는다

2부

들에 피는 꽃

사랑한다

사랑한단 말이 필요 없었지
말보다 행동으로 그대 위해 살아왔으니

사랑한단 말이 필요 없었지
눈빛만 봐도 알 수 있었으니

이제는 사랑한다 말을 하세요
나만의 착각일 수도 있어요

행동보다 사랑한다 말을 하세요
이 한마디에 사랑받고 살겠지요

주름진 얼굴

세월은 모른 척 그냥 지나가면 안 될까
눈앞에 서 있는 그대 모습이 작아 보인다

비바람 맞으며 익어가는 얼굴의 주름처럼
하나둘 세다 보니 가슴이 운다

힘들어도 자식들 위해 웃으시던 당신의 모습
어디로 떠났나 바라보는 눈빛이 슬프다

세월은 얼굴에 주름을 만들고
삶의 흔적을 두덕두덕 남기고 간다

가을 하늘

하늘 위로 뭉게구름 피어나고
에메랄드빛 바다를 옮겨 놓은 듯 눈부시다

수많은 조각배 바람 타고 달리며
뭉쳤다 헤어졌다 우윳빛깔 수를 놓는다

펼쳐진 아름다움에 발걸음 멈추고
가을 하늘을 가슴에 옮겨 놓는다

가을 1

길가에 코스모스 한들한들 춤을 추고
푸르던 들판이 노랗게 물들어 가며
힘겨웠던 여름날이 잊혀져 간다

갈나무도 울긋불긋 옷을 갈아입으며
여문 도토리 한 알 두 알 쏟아 내고
다람쥐는 입이 터져라 물고 달린다

부는 바람에 눈을 감으며 미소 짓고
알알이 배 채우며 익어 가는 곡식들
풍요로운 가을이 참 좋다

낙엽

한 걸음 걸으면
노란색 단풍잎 밟히고 아프다
바스락 소리 내어 발걸음을 잡는다

멈춰 버린 시간 속에
무얼까 생각에 잠기고
차가운 바람에 눈을 뜨며 하늘을 본다

높고 푸른 하늘에
내 마음을 숨길까 낙엽에 사연 적어
구름에게 띄워 보낸다

약속

좋아한다 내 마음 설레게 하고
먼 길 떠난 님

갯골 고갯마루 소나무 가지 위에
눈꽃 피면 돌아온다더니

횡성호에 해 뜨고
눈꽃은 바람에 날리어 사라져 가는데

그대 보이질 않아
하얀 호수 둘레길 헤치며 널 찾는다

횡성호

발걸음 달려온 곳이
물속에 잠겨 있는 갑천면 중금리

어두운 밤 찬바람 맞으며
먼 산 바라본

달빛 별빛 호수에 비치면
고향의 앞마당이 펼쳐지고

물속에 그려진 코흘리개 어린 시절
재잘대던 그날이 보인다

늘 그 자리 보고파 찾아오면
말없이 반겨 주는 횡성호

지난날의 고향을 내어주는
네가 있어 다시 찾는다

가려는 님

살아야 한다고 살고 싶다고
목메어 부르지만 시간은 멈추질 않아

수많은 미련에도 널 붙잡고 싶어
내 곁에 있어 줘 난 당신을 사랑하니까

흐르는 눈물도 널 붙잡지 못했어
말없이 떠나는 당신의 눈빛에 내가 보여

점점 지워져 가는 내 모습이 슬퍼 보여
내 곁에 있어 줘 난 당신을 사랑하니까

엄마 힘내요
사랑해

둥근달

창문 너머 빛나던 달도 잠이 들고
졸린 눈 비벼 가며 너를 바라본다

하늘을 떠돌던 구름은
바람에 실려 추울까 봐 이불 덮어 주네

나 홀로 잠 못 드는 밤
누가 날 위해 자장가 불러 주려나

창문 사이로 들어오는 달빛
너의 품속으로 파고든다

길

길을 걸었지
그대가 떠나간 그 길을

어디선가 멈춰 서서
내 손을 잡아 주길 바랐어

무작정 길을 걸었어
너의 모습 보일 때까지

걸어도 걸어도 구부러진
텅 빈 언덕길뿐 숨이 턱까지 차올라

포기하려 주저앉을 뻔했어
그래도 걸었어 널 볼 수 있다는 생각에

그 길을 오늘도 걷고 있어
웃으며 돌아올 너를 기다리며

가을비 2

벌거벗은
나무의 쓸쓸한 밤

눈물인가 떨어진 낙엽 위로
토닥토닥 비가 내린다

가는 길마다
발걸음에 차이는 너처럼 가슴이 아프고

떠나는 널 잡고 싶다
휑하니 걷는 길 왜 이리 시려 올까

이 비가 가고 나면
떠난 님 언제 올까 기다려진다

시간아 멈춰

그냥 내 곁에 있어 줘
날 떠난다는 생각은 안 했어

붙잡을 수 없다는 걸 알지만
조금만 더 힘을 내줘요

엄마 사랑한다는 말 한번 못 했는데
그냥 이대로 보내고 싶지 않아

왜 진작 몰랐을까
점점 멀어져 가는데 보내고 나면

가슴이 아파 울 것 같아
시간아 떠나지 마 이대로 멈춰 줘

사랑님

바람에 몸 싣고 날갯짓하며
하늘을 나는 새처럼 살고 싶다

무디어진 발걸음 떨쳐 버리고
날아올라 사랑님 찾아 떠난다

따스한 햇살 내리는 들판을 지나
앞마당이 넓은 초가집에 내려앉는다

대청마루 갸우뚱갸우뚱 살펴보다
방문 열고 나오는 그대 모습에 웃는다

허름한 옷에 투박한 손
날아올라 눈 맞추며 그대 품에 안긴다

엄마의 사진

엄마 내 곁을 떠나시고
영정 사진 찾다 보니 한숨만 나온다

여기저기 서랍장을 찾아봐도
눈에 들어오는 사진 한 장이 없다

수많은 시간 무엇을 하고 살았나
엄마와 찍은 추억 사진 한 장 안 보인다

한 장 한 장 넘어가는 사진첩이 원망스럽고
바라보고 있는 내 모습에 화가 난다

겨울밤

달님이 앞산에 기대어 졸고
하늘에 별빛이 소리 없이 내리면
부엉부엉 누굴 부르나 애처롭다

창가에 새어 나오는 불빛
문창호지에 웃음 섞인 아이의 그림자
행복해하는 모습에 눈물이 난다

화로에 군고구마 구워 가며
엄니의 옛날이야기 들려주던
지난날들이 밤새 그리움을 부른다

엄마 없는 설

설이면 자식들 볼 기다림에
구부러진 허리 하얀 머릿결에 웃으시며

반겨 주시던 엄마 모습
다시는 볼 수 없다는 현실이 가슴 아프다

엄마 떠난 빈자리 가족들 모여들어
동태전에 산적 등 손수 빚은 만둣국에

정성 들여 한 상 차려 올려 드렸는데
함박눈 타고 오셔서 배불리 드시고 가셨겠지

이제는 가슴에 묻고 엄마 없는 설을 맞으며
홀로 계시는 아버지 오래오래 건강하시고

우리 곁에 계시길 소망해 보며
새해 복 많이 받으세요 세배 올립니다

봄이 오는 소리

졸졸졸 시냇물 소리에
버들강아지 눈을 뜨고

살랑살랑 부는 바람에 꼬리 흔들며
봄이 오고 있다고 속삭이며 나를 부른다

따사로운 햇살은
움츠렸던 가슴에 기지개를 켜게 비추고

종달새 지저귀는 소리에
잠자던 소녀는 웃으며 봄을 맞는다

봄 손님

불어오는 바람에 싸리문이 흔들리고
누군가 온 것 같아 마음이 설렌다

떨리는 마음에 수줍은 듯 문고리를 잡고
빼꼼히 밖을 보며 그리운 님 오셨나 찾는다

문 여는 소리에 바람은 마루에 앉으며
봄을 데리고 왔다고 인사하며 웃는다

하얀 기억

비 오는 봄의 언저리
먼 산 바라보니 생각이 안 나

달려왔던 추억들이
어디로 숨었나 보이질 않는다

머릿속에 꼭꼭 감추었던
기억들이 그립고

떠올려 보려 해도
하얀 기억 속으로 사라져 간다

떠나간 너를 부르며
다시 펜을 잡고 앉아

지워져 버린 하얀 기억들을
백지에 써가며 떠올려 본다

꽃비

살랑살랑 불어오는 바람은
벚나무 늙은 가지 위에 꽃눈 틔우고
밤이면 별과 달이 꽃망울을 키운다

호숫가에 피어오르는 물안개는
부풀어 오른 꽃망울에 고운빛 색깔을 입히고
나무는 수줍은 듯 꽃망울을 터트린다

분홍빛 꽃송이에 내려앉은 햇살은
꽃구경하라고 손짓하며 미소 짓고
선물이라며 바람에 태워 꽃비를 내린다

짝사랑 2

길을 걷다
새침데기 그녀를 만났죠
아무 말 못 하고 바라만 보다
떠나보내고

만나면 무슨 말을 할까
수많은 글들 적어 보며
그녀 생각에
잠 못 이루고 밤을 지새웠지

그녀의 향기가
바람을 타고 내 곁으로 오고
오늘은 그녀에게
고백을 해야지

스치듯 지나가는
그녀의 머릿결 바라만 보다
좋아한다 말 못 하고
돌아오는 발걸음이 무겁다

바람이 부는 날이면
그녀의 향기 전해 올까
함께 걸었던 길 맴돌다 우네

그리움 2

불 꺼진 창가에
흔들리는 달그림자
님이 오시려나

봄이면 풀피리 불어 주던
너의 모습 그리워 밖을 보며
어디쯤 오고 있나 바람에게 물어본다

별들도 하나둘
구름 속으로 숨는데
님이 오시는 길 사라질까

창가에 촛불 밝히고
부엉이가 들려주는 자장가
님 그리다 잠이 든다

아버지의 손

잊고 살았던 아버지의 손을 잡고
걷고 있는 마음이 울컥한다

손에는 검버섯이 피고
거칠어진 손이 차갑고 힘이 없다

젊은 시절 모습은 세월 앞에 사라지고
구부러진 허리에 숨이 차온다

잡고 있는 손은 점점 무거워지고
발걸음을 버거워하신다

지나가는 행인들은 효자라고
한마디 하는 말에 얼굴이 뜨겁다

아들 손을 잡고 걷는 길이
힘들어 보여도 좋으신가 보다

귀뚜라미

푹푹 찌는 더위 먹으며
귀뚜라미가 나타났다

계단 모퉁이에 숨어
가을 부르는 노랫소리

힘겹게 오르던 나에게
너의 목소리에 힘이 난다

더위도 이제는 가는구나
왠지 쓸쓸한 마음이 들고

보이지 않는 너
찾아보다 계단을 오른다

한숨

눈을 감으면 한숨이 난다
당신을 보면 모습이 초라하다

세월 앞에 꺾이어 가는 얼굴
구부러진 허리에 내쉬는 숨소리

지켜보는 나
얼굴 돌리며 한숨을 쉰다

반달

밤하늘에 작은 반달 하나
발걸음에 맞춰 나만 보며 따라온다

눈이 마주치면 구름 속에 숨고
뛰어가면 놓칠까 봐 같이 뛴다

어두운 밤 달빛 밝혀 길 안내하며
혼자 가는 길 친구 하자 자꾸 따라온다

아버지의 밥상

점심은 무얼 해드릴까
고민 고민
맑은 물에 완도산 미역을 담근다

깨끗이 씻은 미역을
들기름에 소고기 넣어 볶고

고소한 향기 올라오면
맑은 물 붓고 푹 끓인다

뽀글뽀글
끓는 소리에 미소를 짓고

아들이 끓여 주는
미역국 맛나게 드신다

3부

가슴에 부는 바람

단풍이 물들다

푸르던 나뭇가지에
손님이 찾아오고

저마다 물감으로
나뭇잎에 색칠을 한다

그림을 남기고
하나둘 구름 타고 떠나고

뜨거운 태양은
빛으로 코팅을 한다

나무는 오색 빛깔 옷을 갈아입고
부는 바람에 좋아라 춤을 춘다

가을비 3

타닥타닥
잠들어 있는 나를 깨우며

하늘에서
미끄럼 타러 네가 왔구나

방울방울
줄을 서서 기다리며
소리 없이 굴러가며 웃는다

가을이
물들어 가는 놀이터
아이처럼 나뭇잎에 색칠하다 가네

코스모스

무거운 얼굴
햇빛에 물들이고

긴 목 내밀고
바람에 흔들리며

찾아오는 손님
반가워 코스모스 춤을 추네

빙빙 맴도는
고추잠자리 잡아 볼까

두 손 내밀어 유혹하지만
바람 타고 빙빙 맴돌다 가네

노란 은행잎

바람 불던 날
홀로 길을 걷다가

쏟아지는
노란 은행잎비 만나고

뒹구는 꽃잎 하나
주워 눈 맞춘다

소년은 짝사랑하던
소녀를 만난 듯

눈부신 햇살에
볼이 빨갛게 물들고

노란 은행잎 모아
하트 그려 놓고 길을 가네

가을밤 1

소리 내어 울던
여치 귀뚜라미 어디 가고

놓여진 벤치는
임 그리다 잠이 든다

바람은 가랑잎 데려다
이불 덮어 주고

살며시 다가와
말없이 날 지켜 준다

수은등 불빛은
어둠을 저 멀리 밀어내고

깜박깜박 졸면서
날이 새도록 친구 되어 주네

겨울나기

초등학교 시절
학교 양지바른 담벼락에
붙어 서서 추위를 견디던

중간에 끼이려고
서로 밀면서 자리 다툼하던
어린 시절 추억을 꺼내 본다

요즘같이 추운 날이면
따뜻한 햇볕의 소중함을
새삼 느끼며 그리워한다

몸은 작지만
추운 겨울을 날 수 있었던 것은
마음이 하나 되어 버텼다

그 시절 생각하며
남에게 꿈과 희망을 주는
따뜻한 햇볕이 되길 바란다

오는 해

세상은 잠들어 가고
고요함이 흐르는 시간

손 위에
자판은 톡톡 소리 내며
생명을 깨운다

기쁨을 줄 수도
슬픔이 될 수도 있는 글자들
눈 비비며 일어난다

수많은 이들에게
생각 속에서 움직이는
너네들이지만

지는 해는 아픔과 슬픔을
남겨 놓았다면
오는 해는 꿈이 아닌
아름다운 세상을 데려와 주렴

맘 비우기

찬바람 거칠게 불던 날
나는 소리 없이 울었다

남아 있는 잎새가
바람에 휘둘리다 대롱대롱

떨어질까 잡고 있는
끈 놓아 버리면

후회 없이 잊어버릴 것을
놓치를 못할까

부질없는 일
시간이 지나면 떨어질 것을
미련 남기며 잡고 있다

비울 수 있는 그날이 오면
바람에 실려 떠나보내고

훨훨 날아올라
행복 찾아 돌아가리라

라일락

라일락 꽃피는 계절이면
그녀와 속삭이던 사랑 얘기

꽃 속에 숨어 있는
그 향기에 눈을 감는다.

보랏빛 꽃잎에 비친 너의 얼굴
내 가슴 뛰게 흔들고

어둠이 내리는 창가에
소리 없이 찾아와
사랑의 등불 밝혀 주던 너

꽃피는 4월이면
라일락 꽃향기 바람에 가득 담아
내게 보내며 어서 오라 손짓한다

107 부 | 가슴에 부는 바람 107

밤비

바람이
온종일 머물던 자리
어둠 속으로 스며들고

창문을 두드리는 소리에
밖을 보니 가로등 불빛 너머로
추적추적 비가 내린다

날이 새면
눈부신 햇살에 쫓겨
이 비는 또 어디로 가고 있을까

비님이
남기고 간 생명수 마시며
오월은 푸르름을 자랑하겠지

자연은 늘 이렇게
우리 곁을 스쳐 지나지만
붙잡을 수 없다

슬프면 슬프다 울고
기쁘면 기쁘다 웃는
우리네 인생

비님아
슬픔 다 씻어내 주고
웃는 일만 남겨 놓고
떠나면 안 될까

대답을 하듯
토닥토닥 세차게 내린다.

이 밤이 지나고 새벽이 오면
또 하루의 시작이 열린다

소낙비

조용하던 밤하늘
여기서 번쩍 저기서 번쩍

토닥토닥 소리 내며
손님이 오는 소리

기다리던 마음에
웃음이 피어나고

메말랐던 흙 속에
내려앉으며

뿜어내는 흙내음은
어릴 적 추억을 끄집어내고

맨발로 흙을 밟으며
내게로 온다

시원하게 쏟아져 내리는
밤 손님을 맞으러

입가에 미소를 머금고
어두운 밤길을 나선다

가을이 오는 소리

나무 그늘 아래
몸을 숨긴 채 매미는
짝 찾으려 맴맴 울고

한낮의 더위는
내 몸을 비추어 가며
육수를 우려낸다

힘들었던 하루
샤워기가 쏟아 내는 물에
고단함을 씻고

선풍기 바람에
몸을 맡기며 잠시나마
신선이 되어 본다

어두워진 창가 너머로
들려오는 귀뚜라미 울음소리
정겹게 들려오고

가을은 멀리 있는데
여름날의 추억을 싣고
마음은 벌써 그 님 곁으로 달려간다

첫눈 2

부스스 눈을 뜨며
창밖을 보니

바람에 춤을 추며
눈송이가 문을 두드린다

눈앞에 나부끼는
함박눈이 첫눈이다

다문 입술은 조용한데
가슴속에서 무언가 뛴다

묻어 두었던 감성이
숨을 쉬는 걸까

말없이 흩날리는 눈송이를
가슴에 끌어안는다

잊고 살았던 추억들이
바람을 타고 떠난다

보내는 맘 아쉽지만
중년의 가슴에 묻어 둔다

새벽

새벽녘 무언가 나를
잠에서 깨운다

마음은 밖을 보는데
눈은 떠지질 않는다

무거운 눈꺼풀
감았다 떴다 서너 번
희미하게 보인다

조용한 방안
멍하니 윙 소리가
머릿속을 흔들며 들려오고

잠들어 있는 친구님들 방
기웃기웃 아침 인사하고

손가락은 토닥토닥 소리 내며
생명을 불어넣어 간다

그것도 잠시
잠 요정이 나를 부르고

손가락은 멈추고
따뜻한 임 품속을 파고든다.

용돈

엊그제가
생일이었는데

시간은 지났지만
오늘 지갑을 열고 깜짝 놀랐다

막둥이 고운이의
깜짝 생일 이벤트

선물 못 샀다고
용돈 아껴 거금 2만 원

아빠의 지갑에 보물을
숨겨 놓았다

선물은
나에게 큰 감동을 주었다

어느덧 중년

문득문득
소리 없이 지나왔던
그 길을 바라본다

발자욱 남기며
한없이 걸어왔다 생각했는데
사라져 버린 그 길

내리쬐는 볕 아래
땀 흘리며 그을리던
그 얼굴 어렴풋이 떠오르고

어느덧 중년에
희끗희끗해진 머리카락
하나둘 사라져 가는
반짝이는 머리

벚꽃 피는 숲길 거닐며
달래 보지만
웃음은 잠시 머물다
떠나고

무거운 발걸음 옮기며
마음을 흔들어 본다
깨어나라고

가야 할 길이
아직 많이 남아 있다고
저 멀리서 손짓하네

행복했던 시절 눈앞에 그리며
힘내라고 어여 오라고

고요한 이 밤의 끝을 놓고
꿈속 여행을 떠난다

시화호

아침 햇살에
안개가 걷히면

검푸른 호수가
그림자 되어 날 반기고

일렁이는 물결
갈매기 나는 시화호에 아침이 밝는다

저 푸르른 강물 속에
님 모습 떠올리면

언제부터인가
내 옆에 그대가 앉아 있네

질투하듯 바람은 거세게
파도를 만들어 지워 버린다

춤추는 잿빛 물결 속에
그대 눈동자 사라지고

방파제에 홀로 남아
슬픔만 내려놓으며

오늘도 갈매기 친구 삼아
난 시화호를 걷는다

단비

애타게 기다리던
손님이 왔다고 소리 낸다

목메어 부르며
내가 왔다고 봐주라고

후드득후드득
창문을 두드린다

얼마나 불러 보고 싶었던
그 이름인가

떨어지는 빗방울에
옷 젖어 가는 줄 모르고

들려오는 노랫소리
재잘대는 웃음소리

도랑가에서는 개구리
우물가 옆에서는 맹꽁이

우리들 입가에도
웃음꽃이 활짝 피었다

가을이 오는 길

논에는 나락이 익어 가고
연꽃은 꽃을 피워 열매를 맺고

들판에는
이름 모를 꽃들이 빨갛게
수놓으며 물들어 간다

달리는 인생은
브레이크를 밟아도 멈추지를 않고

돌아보면
마음과 두 눈이 행복해하는데
뭐가 그리 바쁘게 살아가는지

가을은 소리 없이 다가와
인사를 하는데

잠시 발길을 멈추고
계절이 전해 주는 이야기를
들어 보자

준비 안 된 이별

부모님을 떠나보내는
친구의 애절한 모습에 눈물이나

앞만 보고 달려온
내 모습을 보는 것도 같고

등 뒤에 숨어 계신 부모님
잊고 산 것 같은 맘은 뭘까

돌아오는 길
수만 가지 생각을 머릿속에
쓰고 지우고

뵐 때마다 야위어 가는 모습에
가슴이 내려앉는다

큰사람은 못 되었지만
불효는 하지 않았고

더 늦기 전에 자주 뵙고
말동무라도 되어 드리자

가을이다

창문 너머로
불어오는 바람이

몇 개 안 남은
머리카락을 한 올 한 올
흔든다

무더위에 고생한
얼굴에도 땀이 마르고

시원함이 감돌며
마음이 한결 평온하다

길가에 묵묵히
서 있던 은행나무도

매미가 불러 주는
음악 소리에 춤추며

잎새 사이로
연둣빛 색깔 물들이며

탐스럽게 알알이 모습을
드러낸다

강렬하게 내리쬐는
햇빛에 푸른 옷 빼앗기고

산들바람에
노란 옷 얻어 입으니

가지에 주렁주렁
노란 은행이 얼굴을 내민다

가을은 또 이렇게
웃으며 날 찾아왔다

꽃눈

봄이 오는 거리를
나 홀로 걸었네

나뭇가지에 붙어
실눈 뜨며 날 쳐다보네

꽃눈은 헤매는 내 발걸음
손짓하며 오라하고

둘이 마주 앉아
꽃봉오리 피워 보자 부르네

봄바람은 시기하듯
가라고 내 등을 떠민다

길가에 벗꽃나무
친구 하며 걸어간다

고향 1

고향은
언제 와도 참 좋다

어두운 밤하늘에
빛나는 별들

논가에 울려 퍼지는
개구리 합창단 음악 소리

저 멀리
숲속에서 들려오는
소쩍새 울음소리

어릴 적 지나왔던 추억들
하나둘 떠오르고

코끝에 전해 오는
아카시아 꽃향기

떠나 있었던 가슴에
고향의 숨소리가 들린다

고향은 언제나
날 반기며 웃는다

산책

뜨겁던 낮과는 달리
해 저문 안산천 숲길에
불어오는 바람이 시원하다

저녁 운동 나온 사람들
따라가는 강아지 발걸음이
바쁘게 움직이고

물가에는
저녁을 해결하려는 듯
먹이를 찾는 황새가 보이고

아파트 정원수에도
따사로운 햇살 받으며
노랗게 익어 가는 살구가
발길을 잡는다

공원에는
사랑을 나누는 연인들 책 보는 젊은이

햇볕은 심술궂게 그들의 얼굴을
까맣게 그을려 놓았다

고향의 아침

고향의 아침은
엄마 품속 같다

푸르른 숲 맑은 공기
가슴에 와닿는 소리 없는
그 무엇들

텃밭에는 곡식과
과일들이 익어 가고

내가 오기를 기다린 듯
알록달록 예쁘게 꾸미고
방긋 웃는다

한 알 따서 한입 넣고
살짝 깨물면 새콤달콤

입가에 전해오는 맛
그 무엇과 바꾸랴

고향은 언제나 그 자리
마음은 부자가 되었다

소풍 가는 날

내일은
다연 조카
소풍 가는 날

고모부는
김밥을 만들기 위해
재료 준비를 하고
고모는 아침에 김밥 말고

내 어릴 적
소풍 가는 날 밤
잠을 설치고는 했는데

요즘 애들도
똑같은 맘일까
그 시절이 그립다

다연이를 위해
준비한 김밥 맛나게 먹고
많은 추억 담아 오렴

덕평휴게소

영동고속도로를
달리다 보면
덕평자연휴게소를 만난다

잠시 쉬어 가며
주변을 돌아보면
무심코 지나던 자리에

한 번쯤은 말하고
들어 보고 싶은 글들이
눈에 띈다

어수선한 세상사
잊고 지나왔던 말들을
해보는 것은 어떨까요

찌들고 멍든 가슴에
미소가 묻어나는 얼굴

살아가는
인생사 조금은 위안이
되지 않을까요

가끔은
말하고 들어 주며
살아가요

고운비

붓과 물감
두 손 가득 들고

구름 타고 하늘에서
비가 내려온다

스쳐 지나간 자리에는
색깔 옷 곱게 갈아입고

갈나무는
바람에 넘실넘실 춤을 춘다

들녘에도 앞산에도
연두색 물결에 걸음이 멈추고

요술쟁이 고운비는
잠시 머물다 떠난다

도시의 가을

하늘의 별들도
유난히 빛나는 밤
지금 이곳에서는 보이질 않는다

우뚝우뚝 솟아오른
시멘트 건물들이 만들어 내는
불빛에 쫓겨 숨어 버렸다

시끄럽게 달리는 자동차 소리
풀숲에 숨어 우는 귀뚜라미
여치가 애절하게 노래한다

여름은 먼 길 떠나고
부르지 않아도 가을이 찾아와
빈자리를 채운다

멈춰 버린
시간

차 속에서의 기다림
하얀 눈 속에 갇혀 버린 시간

소리 없이 내리는 눈은
창문에 내려앉아

무엇을 말하려는지
잠시 머물다 미끄럼 타고 사라진다

고요함이 흐르는 시간
나무에 앉아 있던 눈이 질투하듯
떨어지며 나를 깨운다

잔잔하게 울려 퍼지는
음악 소리에 취하고
가슴에 하얀 산 그려 넣으며

잠시 머물던 자리
차에 온기가 돌고
부르릉 애마는 달린다

4부

밤하늘의 별

과거로
떠나는 여행

어느덧 세월은 흘러
또 한 장의 달력 속에 하루가
남았다

시작은 늘 새롭게 달렸지만
돌아보는 지난날은 어디로
숨었는지 후회만 남는다

살려고 앞만 보고 달리며
이리저리 찢기고 멍든
시간이 야속하기만 하다

삶을 채우려 노력하던 시간도
세월 앞에 말이 없지만
욕심을 버리라 내려놓으라
내 몸에 신호를 보낸다

채운 것도 없는데
비울 것 또한 뭐가 있으련만
익어 가는 중년의 삶이 그리
녹록지 않은 것을

빈자리에 무엇을 담아 주려고
세월은 그렇게 날 보며 비우라
지나온 발자취를 지우라 하는 걸까

나는 과거로의 여행을 떠나
잃어버렸던 시간들을 데려오려 하지만
마음뿐

또 한 해가 돌아올 수 없는
과거로 여행을 떠나려 한다

난 무엇을 담아 보낼까
채워 주지 못한 가방을 보면
한없이 눈물이 흐른다

세월이 흘러
꺼내 볼 수 있는 한 장의 추억이
담겨 있기를 바랄 뿐

2022년
너는 돌아올 수 없는
과거로 여행을 떠난다

산행

나 홀로
구봉도 해솔길을 걸었다

따스한 봄볕에 불어오는 바람이
차갑기는 하지만 마음은 상쾌하다

산 중턱을 오르면
내려다보이는 바다와 숲

무심코 지나가는 길옆에
진달래와 예쁜 꽃들이 반겨 준다

산을 오르며
지나왔던 수많은 일들이
저 아래로 떠나가고

이마에는
땀이 송글송글 맺히고
걷는 발걸음이 가볍다

장맛비

뜨겁던 태양은
소리 없이 숨어 버리고

하늘에서 쏟아지는 물
담을 곳 모자라

우리들 터전
휩쓸고 사라지네

지친 몸 털고 일어서려는 맘
쾅 소리 한 번에 우르르 무너진다

자연을 화나게 만든 것을
누구를 원망할까

그들은 용서도 없이
아픔을 주고 길 떠났다

부모의 맘

참
쉽고도 어렵다

부모와 자식으로 만나
인연을 맺고

살아온 26년의 세월이
한 방에 훅 멈추었다

천사와 악마가 들락거리며
머릿속을 헤집어 놓고

하고픈 말 한마디
자식 가슴에 상처 줄까
못 하는 부모 맘 알려나

준비도 안 된 현실 앞에
멍하니 한숨만 나온다

부모란 이름으로
자식들 세상 밖에 출가시키며
얼마나 많은 눈물을 감추었을까

부모님 품을 떠나오며
얼마나 많은 상처를 남겨 드렸을까

모르고 살아온
지난날들이 마음을 흔든다

자식을 떠나보내며
부모가 되어 가는 것을

조금이나마
부모님의 마음을 헤아려 보며
가슴으로 눈물을 삼킨다

한 발 내딛는 두 사람
영원한 행복 누리며 잘 살아라

소래산

한 걸음 한 걸음
산모퉁이 돌고 돌아
가쁜 숨 몰아쉬며
오르는 길이 멀기만 해 보인다

바윗길 조심조심
걷다 보면 갈잎의 노래
꿩들의 울음소리 들려오고

가끔씩
숲 위로 올려다보이는
맑은 하늘 살랑살랑
불어오는 바람이 션하다

울긋불긋 옷 걸쳐 입고
오르는 사람들
소근소근 이야기 소리
얼굴에는 웃음꽃이 피고
어느덧 정상에 올랐다

올라오는 길은 힘들었지만
너 나 할 것 없이 소래산 바위 잡고
기념 샷 남긴다

먼 산
아래로 보이는 아름다운 풍경들
눈 속에 꼭꼭 담아 넣고

머릿속 복잡한 일들
훌훌 내려놓고 가벼운 맘
나 홀로 산행이지만

에너지 듬북 충전하고
돌아오는 길이 마냥 즐겁다

고향 2

문 열고 나오면
개굴개굴 날 좀 봐주라고
아우성이다

귓가에 들려오는
울음소리 힘차게 들린다

일상에 찌들었던
마음 한구석이 뻥 뚫린다

주름진
엄니 아부지 얼굴에도

자식들 얼굴 보며
입가에 웃음이 활짝 피고

어린 시절
엄니 쭈쭈 만지던 추억들
새록새록 떠오르고

지금은
만질 수 없지만 생각만 해도
피식 헛웃음이 난다

농번기
모내기 끝나면
동네 어른들 모시고
개울가에 모여 천렵하던 모습

밤이면
횃불 들고 도랑에 내려온
메기 빠가사리 잡아
매운탕 해먹던 추억들

지금은
할 수 없지만 그 시절이
마냥 그립다

고향은
날 반겨 주고 안아 주며
보듬어 주는데
난 해준게 없다

마음은 늘

와 있지만 몸은 저 멀리서

지켜볼 뿐

고향은

언제나 늘 그 자리

어여 오라 우리를 부른다

님 그리며

어두운 밤길에
바람이 분다

떠도는 마음을 달래듯
들려주는 풀벌레 소리

가슴을 울리는 소리에
발걸음이 멈추고

내 눈은
널 찾아 풀숲을 서성이며

보일 듯 보이지 않는
너의 모습 찾아보지만

날 부르던
그 목소리 사라지고

똑똑똑 내 발걸음
널 찾으러 길을 나선다

수박

한여름
대낮 열기가 후끈
달아오르고

하늘에 떠 있는 흰구름도
힘겨운 듯 떠돌다 검게 물든다

나무 그늘 아래
짝을 찾는 매미 울음소리
우렁차다

바람에 휩쓸려
창문으로 들어오는
열기가 후끈후끈 한증막

거실에 앉아
옥시기와 수박 한쪽
입에 물고 더위를 쫓는다

여름은

또 이렇게 떠나가겠지

더위야 쫌만 놀다 가라

매미

굼벵이로
땅속에서 숨어 살다

한여름
아침 이슬 먹으며
나무 타고 올라와

선선한 곳에 자리 잡고
탈피하니 매미가 되었구나

1주일의 짧은 삶
목이 터져라 맴맴 울며

애인 불러 사랑놀이하고
먼 길 떠난다

복숭아

새아씨 얼굴 닮은
노란빛 복숭아

한입 깨무니
입가에 향기가 물씬 올라오고

복숭아 단물이 목으로
또르르 굴러 들어간다

더운 날 고향에서
바람 타고 올라온 복숭아
넘 맛나다

기다림 1

누군가
와줄 것 같은 그리움
푸른 물결
출렁이는 선착장 옆

빛바랜 의자에 홀로 앉아
들려오는 뱃고동 소리에
고개 돌려 바라본다

기다림은
파도에 떠밀려 사라지고
가로등 위에
갈매기 소리 내어 위로하네

바다가 들려주는
사랑 노래에 귀 기울이며
늘 그 자리에서 기다리고 있다고
바람아 꼭 전해 줘

마음

눈만 뜨면
쑥쑥 자라던 마음이

세월이 흐를수록
작게만 느껴진다

바라는 것 없이
주던 마음이 나이를 드셨나

자꾸만
멀리 도망을 쳐 사라진다

누군가에게
보내는 마음이

받는 사람보다
따뜻하고 더 행복했는데

요즘은
점점 멀어져 가는
느낌이 온다

어찌하면
다시 찾을 수 있을까

마음이 뛰던
지난날의 기억을 열어 본다

마음이 식은 것이 아니라
익어 가는 것을 몰랐다

채워진 마음을 비우며
멈춰 버린 나 다시 뛰려고 한다

초승달

어둠 사이로
얼굴 내민 초승달

불 꺼진 아파트를
밝히며 내려온다

떡방아 찧는
토끼도 잠들었나

작은 반달 너무 작아
도심 속 불빛에 숨어 버린다

내 눈에는 보이는데
어디로 가려고 숨니

깊은 밤 내게 와
사랑의 노래 들려주렴

안개

희미하게 보이는 들판
먼 산에 내려앉은 하얀 물결

하우스 위에 그려진
가로등 불빛 사라지며

새들은 줄에 앉아
이슬방울 떨어지는 소리에
노래를 한다

온몸으로
들어오는 맑은 공기
가슴속 가득 채우니 맘은 부자

저 멀리
떠오르는 태양도 안개에 묻혀
하얀 얼굴 내밀고

점점 붉어지는 빛이
드리워진 안개를 걷으며

그림 같은
고향의 아침이 밝는다

가을 2

은행나무에도 갈잎에도
사락사락 소리 내며 바람이 분다

손님이 찾아왔나
살랑살랑 흔들리며 알록달록 물들어 가고

해님은 고운 빛으로
예쁘게 옷을 입히며 웃는다

바라보는 눈길에는
행복한 미소가 피어나고

누가 가져갈까
내 눈에 듬뿍 담아 넣는다

돈 명예는 아니지만
마음은 부자

오래 두고 꺼내 볼 풍경
불타는 가을날 오후가 즐겁다

소나기

맑은 하늘에
검은 구름 뒤덮으며

세찬 바람 등에 지고
요란스럽게 울부짖는다

무슨 설움 그리 많아
수많은 눈물 쏟아붓는지

걷는 발길마다
한없이 넘쳐흐른다

떠나 버린
빈자리에 그리움도 잠시

하늘은
해맑은 미소로 방긋 웃는다

사랑 고백

먼 산에 해지고
어둠이 내려앉은 골목길

그대와 만나던
그날 밤 가을비는 내리고

사랑해 사랑해
나의 고백에

나도 사랑해
떨리는 너의 목소리

수줍은 듯 내 품에 안겨
심장은 콩닥콩닥 멈추질 않아

가슴에 얼굴 묻던
너의 눈빛에는 사랑이 피어나고

숨어 보던 가로수 잎들도

사랑해 사랑해

수줍은 너의 볼처럼

빨갛게 물들어 간다

과거로 떠난 여행

2022년 12월 31일
저물어 가는 겨울

문득 1990년
젊은 날 과거로의 여행

한때는
뭐든 할 수 있다
두려울 것 없던 시절

참 멀리도
달려와 뒤돌아본다

마음은 아직도
그 시절 그대로인데

몸은 조금씩
삐거덕거린다

추억을 만들 날들은
아직 멀리 남았는데

나보다는
자식들이 만들어 주는
삶에 힘을 얻으며

과거보다는
미래의 나를 위해
또 한 장의 추억을 만든다

산다는 건

눈을 뜨면 살아있구나
우윳빛 천장이 인사를 한다

눈동자는
여기저기 말없이 굴러가며
지난밤 흔적을 지우고

한 폭의 그림처럼
하루의 시작이 펼쳐진다

창가에 스며드는
햇살은 무지개를 수놓아
마음을 열어 주고

문틈으로
들어오는 차가운 바람은
가슴을 뛰게 한다

차들은 도로 위를 달리며
쫓아오라 하지만 바라만 본다

산다는 건
내 몸이 움직이는 것
시작일 뿐

산다는 건
내 심장이 뛰는 것
한 걸음 한 걸음 걸어가 보자

첫 외손주

어린 나이에
부부라는 인연을 맺고

배 속에서 열달 동안
정성 들여 품었던 아이

하늘 문을 열고
세상에 얼굴을 내보이며

응~애 응~애
힘찬 울음소리
우리 곁에 다가온 손주

철모르던 딸
부모라는 이름을 붙여 주었다

이목구비
누굴 닮았을까

바라보는 눈길
맘이 따뜻해진다

갓 태어나
엄마 품에 안겨 있는 아이

윤우야
사랑스럽고 건강하게
잘 자라 주길 바란다

윤우의 백일

첫울음 터트리며
세상 구경한다고
나온 지가 엊그제 같은데

건강하고 튼튼하게 잘 자라
엄마 아빠 바보 만들며
100일이란 시간을 만났다

조촐하게
차려진 윤우 백일상
가족들의 축하와 웃음소리가
행복해 보이는 날

윤우는
귀찮다고 힘들다고
짜증을 내며 운다

윤우야
세월이 흘러 어른이 되면
백일 사진 보며 웃겠지

건강하게 자라며
행복을 주는 윤우가 되길 바란다

장미꽃 편지

따스한 햇살 맑은 공기
귓가에 들려오는 새소리

장미 꽃잎에
사랑을 담아 편지를 쓴다

빨강 노랑 분홍 하얀색
꽃잎들은 저마다 맘을 숨긴 채

부는 바람에 실려
그녀의 집 우체통에 날아가 숨는다

고요한 밤이 지나고
이른 아침 눈 비비며 일어나

그녀는 보물을 꺼내듯
하나둘 찾아 손에 든다

한 잎 두 잎
열어 보는 얼굴에 미소가 맴돈다

나의 마음이 전해진 걸까
숨어 보는 가슴이 콩닥콩닥 뛴다

6월의 어느 날
장미꽃에 답장이 오길 바라며

야경

길거리에
오색등 불빛이 유혹하는 밤

바람이 전해 주는
고소하고 매콤한 불 향에

지나가는
사람들 발길이 머뭇머뭇

한 걸음 멈추었다
다시 한 걸음 떠나간다

여기저기
목청 높여 들려오는 웃음소리

흥겨움에 취한
연인들의 모습이 멋져 보여

그곳에 발길이 머문 곳
가족들과 추억을 만들고

들려오는 음악 소리
하늘에 떠 있는 별을 헤아리며

한잔 술에 취하고
행복한 맘 가슴에 담네

또 하루가
야경 속으로 멀어져 간다

무지갯빛 사랑

내 눈에
널 가두고 싶어

같이 걸었던
길을 헤매곤 했지

비 내리는 밤
숨어서 날 기다리나

어둠 속에
너의 얼굴 보이질 않아

비 갠 날
무지개 떠 있는 곳

하늘에 그려진
네 모습 잡힐 것 같아

손 내밀어
달려 봐도 점점 멀어져 간다

떠나가는
널 보며 그리워 손짓하고

돌아오는
발걸음은 흔적만 지운다

사랑 1

부는 바람에 눈을 뜨니
꿈에 보았던 너

흐트러진 머릿결
길게 드리우며 미소 짓네

반짝이는 눈망울
내 마음 흔들어 놓고

수줍은 듯
얼굴 돌리며 품에 안기네

뜨겁게
전해 오는 너의 열기

이런 게 사랑일까
가슴이 두근두근 숨을 쉰다

가을밤 2

고요한 밤하늘에
내 모습이 보이는 듯

저 멀리서
달님이 웃으며 손짓하네

가던 발걸음 멈추고
남몰래 가슴이 두근두근

한없이 널 바라보는
눈에는 미소가 넘친다

불어오는 바람이
사랑의 불씨를 피우고

흔들리는 갈잎이
살랑살랑 노래를 한다

어두운 밤하늘에
반짝반짝 불이 켜지면

숨겨 왔던
사랑을 너에게 보낸다

불나방

음악 소리
날 부르는 너의 눈빛

유혹의 몸부림에
이끌려 얼굴 내밀고

널 안으며
리듬에 맞춰 춤을 춘다

숨소리에
가슴은 젖어 들고

심장은
콩닥콩닥 뜀박질한다

자정이 넘어
음악 소리는 멈추고

너의 얼굴
잡아 보아도 손안에 없네

사라진
그대 모습 찾아 헤매도

불빛 속에
숨었나 보이질 않고

떠나간
내 사랑 그리워하네

그리움 3

네가 보고 싶어서
눈물 없이 지새우는 밤

어두운 밤하늘
외로이 나는 기러기는

노래하며
짝을 찾아 먼 길 떠나는데

사랑했던 그 사람은
밤이 깊어도 오질 않네

기다리다 애타는 이 가슴
또 울어야 하나

사랑해선 안 될 사람
못 견디게 보고 싶은 너

무정한 사람아
이 밤이 가기 전에 내 곁에 와줘

눈 감으면 꿈 같은 사랑
그리움만 더해 가네

한강

길 위에
불빛들이 빙빙 돌고

물위에
비친 달빛은 반짝반짝

내 눈은
살며시 널 그려 본다

잡으려
손 내밀면 저만치 서 있고

행복했던
추억들 가슴을 울린다

부는 바람에
그림자 되어 떠나가고

그리움은
눈물 되어 말없이 흘러간다

갈대

따스한 햇살에
하얀 얼굴로 살며시 고개 들고
아지랑이 부르는 소리에
눈 맞추며 인사한다

빗물에
목 축이며 푸른빛을 더하고
천둥소리에
놀란 듯 길쭉길쭉 키가 자란다

한여름 더위는
마디마디 통통하게 살찌우고
가을밤 귀뚜라미는
노래로 꽃들을 피워 낸다

하늘의 별들은
달빛으로 꽃잎에 수를 놓고
보내기 아쉬운 듯
아침 이슬 되어 흐른다

새벽녘
불어오는 바람에 몸을 던지며
살랑살랑
갈대는 은빛 물결 춤을 춘다

5부

그리운 고향

여명 2

귓가에 들려오는
바람 소리에 부스스 눈을 뜨고

멍하니
검푸른 하늘을 바라본다

앞산에 솟아오르는
붉은 태양은 어둠을 몰아내고

소리 없이 내게 들어와
무지개 색깔 수를 놓는다

창가에 앉아
새들도 장단 맞춰 노래하고

반갑다고
얼굴 내밀며 인사를 한다

잠들었던 가슴
너의 눈빛에 심장이 뛰고

남몰래 마음을 열고
아름다운 세상 담을 준비를 한다

윤우의 첫돌

엄마 배 속에서
꼬물꼬물 자라더니

어찌 알았을까
열달 다 채우고
엄마 고통 주며 얼굴 내민다

우렁찬 울음소리
널 바라보는 마음
마냥 신기하기만 했고

눈도 못 뜬 채
부모란 이름 지어 주고
너는 윤우란 이름 선물 받았지

배고프단 울음소리
엄마 품에 안겨 젖 한 모금 빨고
새근새근
잠든 모습이 천사의 얼굴

어느새 저리도 컸을까
가르쳐 주지도 않았는데
윤우는 잘도 기어다닌다

말은 못해도
해냈다는 뿌듯함 얼굴에 미소 짓고
눈에 보이는 것
손에 잡히는 거 뭐가 그리 궁금할까

입에 넣고 집어 던지고
사고 치며 하나씩 배워 간다

초보 엄마
정성 들여 만든 이유식 배불리 먹으며
튼튼하고 건강하게 잘 자라

어느새
서랍장을 잡고 걸음마 연습을 하며
첫 생일 맞을 준비를 한다

장윤우 첫돌

오 시 는 길

경기도 안산시 단원구 광덕4로 140
GD마티하우스 3층 베니스홀
TEL.031-487-6100

윤우가 세상과 만난 지 일년이 되는
좋은 날, 이 기쁨을 함께 해주세요.

2019년 11월 23일 토요일 오후 6시 30분
GD마티하우스 3층 베니스홀

아빠 장경운   엄마 정은아

🚗 승용차 이용
· 경기도 안산시 단원구 광덕4로 140(고잔동 703) GD마티하우스
※주차: 행사장 내 주차장 이용

🚇 지하철 이용
· 4호선 고잔역 2번출구 하차

🚌 버 스 이용
· 일반: 3, 10, 50, 88, 98, 99-1
· 직행: 5609

배추김치

밭고랑 이고 누워
아침 이슬 먹으며 자란 너

뜨거운 햇살에
배 속에 노란 옷 감춰 입고

서리 맞으며 수줍은 듯
노란 배추꽃 피워 낸다

파란 옷 벗기고
포기 갈라 하얀 소금 뿌려 주니

죽은 듯 숨죽이고
물속에서 샤워하며 뒹굴고

파 마늘 젓갈 고춧가루
양념 버무려 한입 먹이니

빨간색 옷 갈아입고
예쁜 자태로 변신한다

통속에 담겨 겨우내
땅속 찬기 받으며 익어 가고

추운 겨울날
한 포기 잘라 입에 넣으니

새콤달콤
맛있는 김치가 되었구나

기다림 2

거리를
걸어 봐도 보이질 않아
길가에
꽃들은 내 맘을 알려나

주위를
둘러봐도 보이질 않아
구름은
그림자 되어 널 감춘다

달님아
너는 알고 있니 내 사랑
바람아
내 곁으로 데려와 주렴

가슴속
깊이 갇혀 있는 마음
외롭지 않고
따뜻하게 품을 수 있게

가을 3

햇살이
가로수에 빨강 주황 노랑
색깔 옷 입히고

바람이
나뭇잎 흔들며 살랑살랑
춤을 춘다

구름은
하늘을 떠돌며
물감으로 수를 놓고

펼쳐진
그림 사이로 꿈들이
내려온다

부러지는
사랑을 찾으며
오솔길 거닐고

그리움에
떨어진 낙엽 밟으며
가을을 담는다

막걸리

하얀 고두밥에
누룩 넣고 맑은 물 부어
고루 섞어 항아리 배 채운다

따뜻한 아랫목에
등 지지며 한주가 되니
다 익었다 꾸르룩꾸르룩
소리를 낸다

기다림에 뚜껑 열리고
둔탁한 엄니 손 넣어
휘젓는 모습에 흥분된다

달콤하게
올라오는 내음이
코끝을 자극하고
입안에 침이 고인다

항아리 속
하얀 속살 꺼내어 곱게
걸러 담으니 그 빛이 맑다

주전자에 채워
한가득 사발에 따라 담으니
마음이 부자로다

힘들 때
새끼손가락 휘저어
한 모금 넘기시던 부모님 얼굴이
술잔에 그려진다

짝사랑 3

겨울밤 거리를
서성이며 찾고 있다

오가는 사람들
발걸음에 차이고

땅바닥에 뒹구는
전단지처럼

거리를 떠돌며
너를 찾는다 광고한다

바람에 실려
떠도는 날 보고 있을까

숨어 있는 네 모습
보이질 않아 눈물만 흐른다

이별

사랑도 떠나가네
찬바람 맞으며 멀리멀리

즐거웠던 날들
이별 앞에 눈물도 없이 가네

지난날의 추억들
꺼내 볼 시간도 없이
미련 없다 등 돌리고
저 멀리 떠나가네

그대 발걸음 멈춰진 곳
돌아보면 후회할 텐데

사랑도 그리움도
버리고 떠나가는 님 어이할까

그대 얼굴 그리워
눈물 속에 비춰 보지만

찾을 수 없는 모습
한없이 그리워한다

달그림자

달그락거리는
소리에 눈을 뜨니

창가에 달님이
그림을 그려 놓았다

부시시 보이는
아름다운 빛들이

나에게 하나둘
달려들어 온다

여명에 쫓겨
지워져 달아나기 전에

수많은 그림을
곱게 접어 가슴에 담는다

달님에게 고맙다
인사하고 하루를 연다

엄마의 얼굴

누군가
찾아올 때는 즐거워
웃고

살면서는
바라보는 눈빛에
행복하고

돌아보면
나는 받기만 하고
살았고

세월에는
발자욱 없이 보내려니
슬프고

이제는
떠나야 한다는 날들이
가슴이 아프다

지금은
오래도록 멈출 수 있게
꼭 붙잡고 싶다

병상에 계신 엄니

초승달
산마루에 걸리는 저녁

달빛에 묻혀
희미하게 엄니가 보인다

80년 여생
자식들 위해 헌신하시고

얼굴에는 주름과
몸에는 아픈 흔적만 남았다

가까이 있지만
살갑게 찾아뵙지 못한 마음뿐

진료받으시며
겉으로는 내색하지 않는 모습
가슴이 아프다

젊은 시절로
돌려 드릴 수만 있다면

조금이나마 회복된 모습에
감사를 드린다

군고구마

부엌
아궁이에 참나무 장작불 태워
숯불 만들고 화로에 담아

안방 윗목에 놓으면
빨간 불씨가 재가 되어 가며
방안을 따스하게 덥힌다

겨울밤
화로에 고구마 묻어 놓고
엄니 옛날이야기 보따리 펼치면

눈망울이 반짝반짝
귀 기울이면 시간 가는 줄 모르고
고구마가 익어 간다

구수한 냄새가
코끝을 두드리며 다 익었어요
피피 휘파람 소리를 내면
부지깽이로 재 헤쳐 가며

널 찾아
조그만 손으로 쥐어 잡고
반을 뚝 자르면 노란 속살 드러내며
날 유혹한다

호호 불어 가며
숯검뎅이 묻혀 가며 한입 넣으니
달콤한 맛에 놀라 얼굴에 미소가 번지고

화로에 둘러앉아
군고구마를 먹었던 어릴 적 추억이
드라마처럼 펼쳐 지나간다

부모

신비로운 생명을
세상에 내보내시고 웃으시던
죄 하나 때문에

자식이란 이름과
부모라는 굴레 속에 갇혀
무한한 사랑으로 헌신하셨다

당연하다 생각했을까
자식들은 그런 거에 대해
관심이 없었다

허리 굽고 주름진 얼굴
아프단 소리하시며
자식을 찾는 모습에야 알았다

이른 아침
전화벨 소리에 심장이 덜컹
별일 없기를 바랄 뿐

세월이 흘러도
내 곁에 계실 거란 믿음
참 부질없는 착각이었다

힘없는 부모님 뵈며
후회한들 다시 돌릴 수 없는
현실이 후회스럽고

돌아보면
내 모습 또한 부모란 이름으로
현실에 묶여 살고 있다

삶에 묶여
내 몸 버려 가며 무한한 사랑을
베푸는 무지함을

조금만 남겨 두시고
몸이 건강해야 자식이
눈 안에 있다는 것을

나 또한
부모라는 죄인으로
살지 않기를 바랄 뿐이다

만두

김치 송송 썰고
당면 두부 부추 등 양념 넣고

서로 싸우지 말라고
한 몸 되게 물기 쫙 뺀다

하얀 만두피에
속 듬북 담아 넣고 꼭꼭 붙여

반달무늬 꽃모양
그려 가며 정성껏 빚어 놓는다

쟁반에 잠자는 만두
육수 국물에 보글보글 세수시켜

한 스푼 입에 넣으니
눈도 번쩍 웃음이 난다

우리네 인생도
손으로 만들 수 있다면

꽉 찬 만두소처럼
서로 엉겨 한 몸이 되고

웃으며 한입 나누는
인생 만들어 가보자

겨울 천렵

얼음물에
발 담그고 한 발 두 발 걸어가며

돌 뒤집고
숨어 있는 다슬기 잡는다

낮잠 자던
텅발이 꺽지 놀라서 튀어나오고

깔깔대며
뜰채로 건져 올리며 즐거워한다

찬물에
손발이 꽁꽁 얼어도 추운 줄 모르고

뜨끈한 매운탕 한 그릇
먹을 생각에 웃음이 절로 난다

설날

힘들게 달려왔던 한 해가 넘어가고
지나왔던 날들이
추억 속으로 여행을 떠났다

시간은 쉬지도 않고
돌아오지 않을 길을 걸으며
세월 속으로
조금씩 날 데리고 가려 한다

설날 아침
떡국 한 그릇에 나이 한 살
마음은 아프고 후회는 되지만
술술 잘도 넘어간다

누구도 알 수 없는
미래의 일들이 설레고
인생의 반환점이
될 수 있는 현실에 가슴이 뛴다

삶의 무게에
힘들어하는 부러지야
짊어진 보따리
조금씩 내려놓으며 가자

사랑 2

그대 곁에 있으면
가슴이 두근두근거려

널 바라보는 내 얼굴은
어느새 너의 눈 속에 살아

눈망울은 별처럼 빛나고
호수에 펼쳐 그림을 그린다

바람에 흔들리던
마음을 웃음 짓게 만들고

그대 곁에 머물고
숨 쉬며 살 수 있다는 것이

눈뜨면 사라지는
환상 속의 꿈이 아니길 믿었다

뜨겁게 타올랐다

식어 버린 바보 사랑 버리고

사랑이란 두 글자

가슴에 담고 행복해하며

끝이 없는 영원한 사랑

그대와 만들어 간다

커피

커피 캡슐에
따뜻한 물 붓고 생명을 넣으니

윙윙 소리 내며
커피 머신이 일을 한다

검은색 피부
깨끗하게 씻어 우려 가며

졸졸졸 소리 내며
커피잔에 한가득 담겨진다

신기한 듯 바라보며
커피가 만들어지는 기다림 속에

탄 듯한 구수한 향이
콧속으로 휘감아 들어온다

뜨거운 커피잔
후후 불며 한 모금 입에 넣으니

쓴 듯하고 달콤한 향
구수한 맛 네가 커피구나

별이 된 친구

하늘의 별은
반짝이며 빛나지만

내 눈의 별은
눈물 되어 흐르네

생에서 받았던 아픔
흘렸던 눈물

훨훨 털어 버리고
하늘에 별이 되어라

보고 싶은 얼굴
말없이 떠났지만

밤마다 빛나며
우리 곁으로 내려와

오늘 밤도
하늘의 별이 떴다

친구가 왔나
만나러 가야겠다

국수면 꼬랑지

나의 고향은 산골 작은 마을
횡성군 갑천면 중금리 아랫말

물 좋고 경치 좋은 곳
지금은 횡성호에 잠겨 있다

해 질 무렵이면 굴뚝에서
연기 모락모락 하늘로 떠난다

엄니는
밀가루에 콩가루 섞어 반죽하여
도마 위에 올려놓고 홍두깨로 면을 밀고

우리 형제들은
엄니 손을 보며 언제 끝나나
꼼짝도 안 하고 지켜본다

슥슥 엄니 손이 움직일 때마다
홍두깨에 말린 면은 점점 커진다

넓은 원판의 국수 면이 만들어지고
한 겹 두 겹 접어서 길게 편다

엄니는 칼을 드시고
사각사각 소리 내며 국수를 썰고

언제쯤 국수 면 꼬리를 남겨 줄까
바라보는 눈망울이 반짝반짝 빛난다

엄니 손이 여기 있다
썰고 남은 국수 면 꼬리를 내어 주시고

누가 먼저 잡았나
국수 면 꼬랑지를 들고 후다닥 부엌으로 달린다

빨간 숯불 위에 올리니
노랗게 익으며 볼록볼록 부풀어 오르고

조그만 손에 붙잡혀
검댕이 묻히며 입속으로 숨는다

길가에 칼국수 집을 지날 때면
어릴 적 국수 면 꼬랑지 구워 먹었던
추억이 그리워진다

당신

살다 보니
눈앞에 온 현실이
하루 이틀
시간이 지날 때마다
당신 마음을 아프게 했나 봐

내 몸 아프다
말도 못 하고 또 하루가
지나갈 때마다
얼마나 날 원망했을까

당신 맘 알면서도
당연하다 또 그냥 넘겼다
짧은 시간
눈앞에 보이는 일들

내가 할 수 있는
모든 것들을 받아들이며
힘든 줄 모르며
하루하루를 살았다

말없이 바라보며
내 곁을 지켜 준 당신
따뜻한 말
한마디 못 해준 사람
얼마나 원망하고
미워하며 하루를 살았을까

살다 보면
내 마음 알고 이해하겠지
당연하다고
지나온 세월이 당신을
아프게 하고
날 원망하고 있는 걸 알았다

철부지 어린 시절
내게 찾아와 준 당신
그래도 난
이해해 줄 거라 믿으며
당신 마음을
더 아프게 했나 보다

기쁘나 슬프나
곁을 지켜준 당신께
가슴에 묻어 둔
섭섭하고 미운 마음 다 버리고

고맙소라는 내 마음
담아 주길 바라고 당신 사랑해요

새끼들

응~애 응~애
울음소리 난 지 엊그제

살다 보니
어느덧 성년이 되었다

큰놈 출가시키고
참 세월 빠르다

머리 컸다고 나는 뒷전
자기들 생각대로 하고

꼬박꼬박 말대꾸에
내가 공들여 키운 애들인가

순간 말문이 막히고
앞이 멍하니 멈추었다

누군가 말했다
자식들 크면 세상에 내보내고

낯선 세상이 그들을
철들게 하고 뒤돌아보며

희생하신 부모님
떠올리며 눈물 흘린다

그러는 자식들 모습 보며
부모는 애들 맘 상할까

뒤돌아 눈물 훔치며
아닌 듯 웃으며 반기지만

세월이 너희들도
부모로 만들어 간다

봄이 오나 보다

붉은 태양이
산을 넘어 비추면

바라보는 얼굴에
미소가 번진다

어두웠던 내 가슴에
그림자가 걷히고

불어오는 바람은
옷깃을 벗긴다

꽁꽁 얼었던 계곡에
시냇물이 졸졸 흐르고

잠자던 버들가지도
샘물 마시며 기지개를 켠다

추운 겨울 밀어내며
봄은 그렇게 다가오고

꽁꽁 닫혀 있는
내 마음의 문을 두드린다

졸혼이 답일까?

언젠가는 잊혀 가며
내 청춘도 끝나겠지

푸르던 잎새도
세월이 가면 단풍이 들듯

누군가는 익어 간다지만
지나고 나면 떨어지는 것을

지나온 날들이 그리워
눈물지며 부르지만

대답 없는 너와의 인연
이제는 놓으며 보내야

내 마음이 편해질까
돌아서는 발길 눈물만 흐른다

식어 가는 사랑놀이 참 힘들다
누구를 원망하리오

말없이 멀어지는 그대
잡을 수 없는 내가 바보인가

웃으며 보내야 하는
당신과의 인연 졸혼이 답일까?

나는 죄인이다

가난한 농부의
아들로 태어난 죄

육성회비 밀려 가며
국민학교 다닌 죄

욕심내어 고등교육
받으며 다닌 죄

성인이 되어
부모님 곁을 떠난 죄

사랑한다 데려와
애들 낳고 고생시킨 죄

자식 키운다며
열심히 일만 한 죄

60이 되어 가도
돈의 노예로 사는 죄

나이 들어 한숨 쉬며
신세타령하는 죄

야위어 가는 부모님
지켜보며 후회하는 죄

살아도 살아도
나는 죄인으로 살고 있다

그리운 님

잊으려 잊으려 널 떠나올 때
부엉새 밤새워 외롭게 울었지

검푸른 밤하늘에 달도 잠든 밤
다시는 돌아오지 않으리라

나 붙잡을까 불 꺼진 창 훔쳐보며
싸리문 걸어 닫고 울먹이며 나왔다

집마다 멍멍개 울어 대며 잡았지만
너 없는 곳으로 밤새워 걸었다

나쁜 날보다 좋은 날도 많았는데
이제 와 가슴 치며 후회를 한다

널 그리워하며 돌아가려 하지만
늘 그 자리 눈물만 흐른다

세월아 잘 가

오는 날
아무것도 모르고 왔는데
살다 보니
말도 많고 시끄럽다

산다는 게
늘 전쟁 중이고
한 줌 쥐려
남을 이기려 한다

배려도
없는 인생이 되었고
세월은
정 없는 사람을 만들었다

마음을
비우려 하면 불안하고
놓으면
지는 것 같아 꽉 쥔다

세월 앞에
내 인생이 작아지고
이제는
모든 걸 놓고 벗어나려 한다

사는 게 우울해

언제부터일까 난 무언가에 갇혀 살아
나보다 더 힘들다 표현하는 널 보면

아무것도 못 해주고 사는 것 같아
창살에 들어오는 햇빛 내 마음을 알까

문틈에 앉아 꽃대를 키우는 너 참 애처로워
바라보는 내 마음 슬퍼지고 우울해 온다

그녀의 손길 받으며 꽃봉오리 터트리는 너
무심코 바라보다 울컥 눈물이 올라오고

베란다 한 모퉁이 관심 없던 네가 부러워
마음의 문을 열어도 이름 없는 너보다 못할까

하루하루 맘속에 갇혀 사는 것 같아
생각할수록 난 미로 속으로 빠져든다

눈물이 나

당신의
흐릿해진 눈동자는
내 모습을
희미하게 그리고 있다

당신의
구부러진 허리는
자식들 무거운 짐
올려놓아 휘어졌고

당신의
거칠고 무뎌진 손은
자식들 배곯을까 봐
곡식 키우며 흙물에 찌들었다

당신의
거칠어진 한숨 소리는
지나온 세월이
당신을 약하게 만들었고

당신을
곁에 두지 못하고
낯선(요양원) 곳에 보내야 할까
떠올려 보는 내가 밉다

당신을
떠나보내야 하는 생각
손을 놓으려는
현실 앞에 죄인이 되었고

당신의
기억이 왔다 갔다 하지만
눈빛에 감춰진 마음
난 알 것 같아 슬프다

당신을
떠나보내는 자식들 마음
버리는 게 아니라
곁에 있다고 손을 꼭 잡는다

가방을 멘 시우

응애응애 울음소리
너의 탄생을 알리고

엄마 얼굴도 모른 채
젖무덤을 찾던 아이

시우라는 이름을 얻고
시간은 멋지게 널 키웠다

뒤뚱뒤뚱 걷던 네가
무거운 가방을 메고

엄마 손을 놓으며
노란색 버스를 타는 아이

어느새 어린이집
주인공이 되어 빛나는구나

봄이다

강바람 불면
내 마음은 싱숭생숭

길 떠나는 기러기
잘 가라 손짓한다

내려오는 햇빛은
잠든 버들가지 눈 틔우고

얼었던 개울가에
졸졸졸 물소리 정겹다

들판에 피어오르는
아지랑이 잡아 볼까

두 팔 벌려 달려가지만
잡힐 듯 달아난다

어린아이처럼
뛰어다니는 날 보며

길가에 매화꽃이
활짝 피어 깔깔 웃는다

바람은 살랑살랑
꽃향기 가득 실어 오고

벌과 나비는
꽃에 앉으며 봄을 즐긴다

바라보는 눈빛에
잠겨 있던 문이 열리고

들어오는 꽃향기
내게도 봄이 왔다

부러지, 엘리베이터에 산다

초판 1쇄 인쇄 2023년 05월 04일
초판 1쇄 발행 2023년 05월 12일
지은이 정재성

펴낸이 김양수
책임편집 이정은
편집디자인 안은숙
교정 강민

펴낸곳 도서출판 맑은샘
출판등록 제2012-000035
주소 경기도 고양시 일산서구 중앙로 1456(주엽동) 서현프라자 604호
전화 031) 906-5006
팩스 031) 906-5079
홈페이지 www.booksam.kr
블로그 http://blog.naver.com/okbook1234
포스트 http://naver.me/GOjsbqes
이메일 okbook1234@naver.com

ISBN 979-11-5778-602-2 (03800)